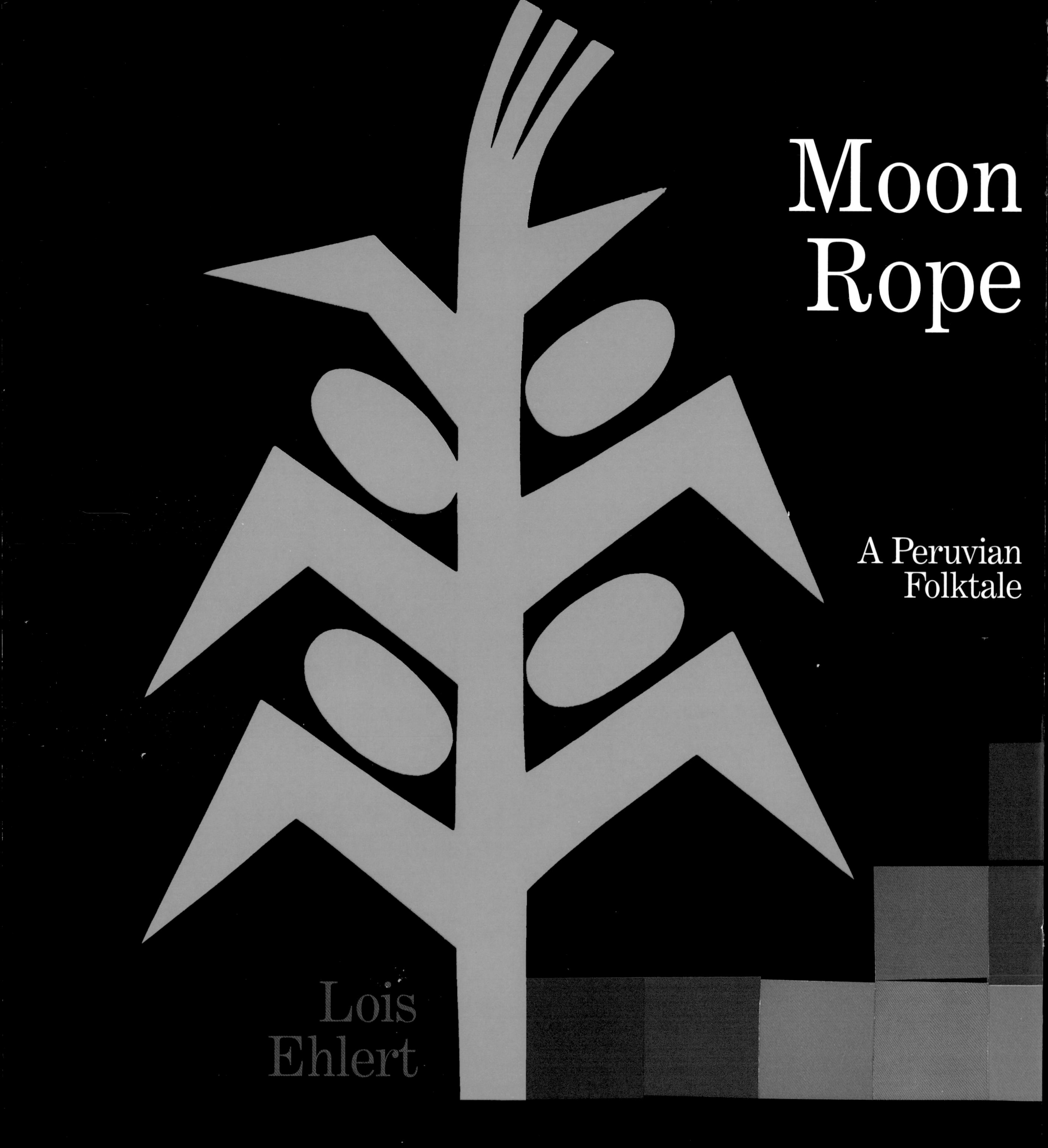
Moon
Rope
A Peruvian
Folktale
Lois
Ehlert
Voyager Books • Harcourt, Inc.

Un lazo a la luna

Una leyenda peruana

translated into Spanish by Amy Prince

Orlando Austin New York San Diego Toronto London

Moon Rope is an adaptation of a Peruvian tale called "The Fox and the Mole," found in the Spanish collection *Leyendas y fábulas peruanas* by Enriqueta Herrera Gray (Lima, Peru, 1945). An English translation of this tale appears in *Latin American Tales from the Pampas to the Pyramids of Mexico* by Genevieve Barlow (Rand McNally & Co., 1966).

The illustrations in *Moon Rope* were inspired by ancient Peruvian textiles, jewelry, ceramic vessels, sculpture, and architectural detail. Food and animals depicted on these objects include squash, corn, and potatoes as well as the fox, snake, and feline figures and various birds, including the condor. The idea for the silvery color of the fox, rope, and moon came from a pre-Columbian legend mentioned by André Emmerich in his book *Sweat of the Sun and Tears of the Moon: Gold and Silver in Pre-Columbian Art* (University of Washington Press, 1965). He writes about the use of gold and silver, noting that these metals were never used as a medium of exchange but instead for beautiful objects. Believing that the metals had a divine origin, one story related that gold was the sweat of the sun, and silver, the tears of the moon.

Special thanks:
American Museum of Natural History, New York, New York; Milwaukee Public Museum, Milwaukee, Wisconsin; Private collections; The Art Institute of Chicago, Chicago, Illinois; Field Museum of Natural History, Chicago, Illinois; Textile Museum, Washington, D.C.

Un lazo a la luna es la adaptación de una leyenda peruana llamada "El Zorro y el Topo" que aparece en la colección en español *Leyendas y fábulas peruanas* de Enriqueta Herrera Gray (Lima, Perú, 1945). La traducción al inglés aparece en *Latin American Tales from the Pampas to the Pyramids of Mexico* de Genevieve Barlow (Rand McNally & Co., 1966).

Las ilustraciones de *Un lazo a la luna* fueron inspiradas por antiguos textiles, joyerías, vasos de cerámica, esculturas y detalles arquitectónicos peruanos. Las comidas y los animales representados en estos objetos incluyen calabazas, elotes y papas, así como el zorro, la serpiente y figuras felinas, además de varias aves, incluyendo al cóndor. La idea para el color plateado del zorro, del lazo y de la luna viene de una leyenda precolombina citada por André Emmerich en su libro *Sweat of the Sun and Tears of the Moon: Gold and Silver in Pre-Columbian Art* (University of Washington Press, 1965). El autor describe el uso del oro y de la plata, señalando que estos metales nunca fueron utilizados como artículos de intercambio, sino como objetos de belleza. En la creencia de que los metales eran de origen divino, un relato hablaba de que el oro había sido el sudor del sol y la plata las lágrimas de la luna.

For information about permission to reproduce selections from this book, please write Permissions, Houghton Mifflin Harcourt Publishing Company 215 Park Avenue South NY NY 10003.

www.hmhbooks.com

First Voyager Books edition 2003
Voyager Books is a trademark of Harcourt, Inc., registered in the United States of America and/or other jurisdictions.

The Library of Congress has cataloged the hardcover edition as follows:
Ehlert, Lois.
Moon rope: a Peruvian folktale = Un lazo a la luna: una leyenda peruana/Lois Ehlert; translated from the English by Amy Prince.
p. cm.
English and Spanish.
Summary: An adaptation of the Peruvian folktale in which Fox and Mole try to climb to the moon on a rope woven of grass.
[1. Folklore—Peru. 2. Moon—Folklore.] I. Title.
II. Title: Un lazo a la luna.
PZ8.1.E3Mo 1992
398.24′52′0985—dc20 91-36438
ISBN 0-15-255343-6
ISBN 0-15-201702-X pb

SCP 16 15 14 13 12 11 10
4500368635

Mole was taking a break from digging for worms when Fox came by.

"Mole," he said, "if you could have anything in the world, what would it be?"

El Topo descansaba después de escarbar en busca de gusanos cuando el Zorro llegó. —Topo, —dijo el Zorro—, si pudieras tener lo que más te gustara en el mundo, ¿qué cosa escogerías?

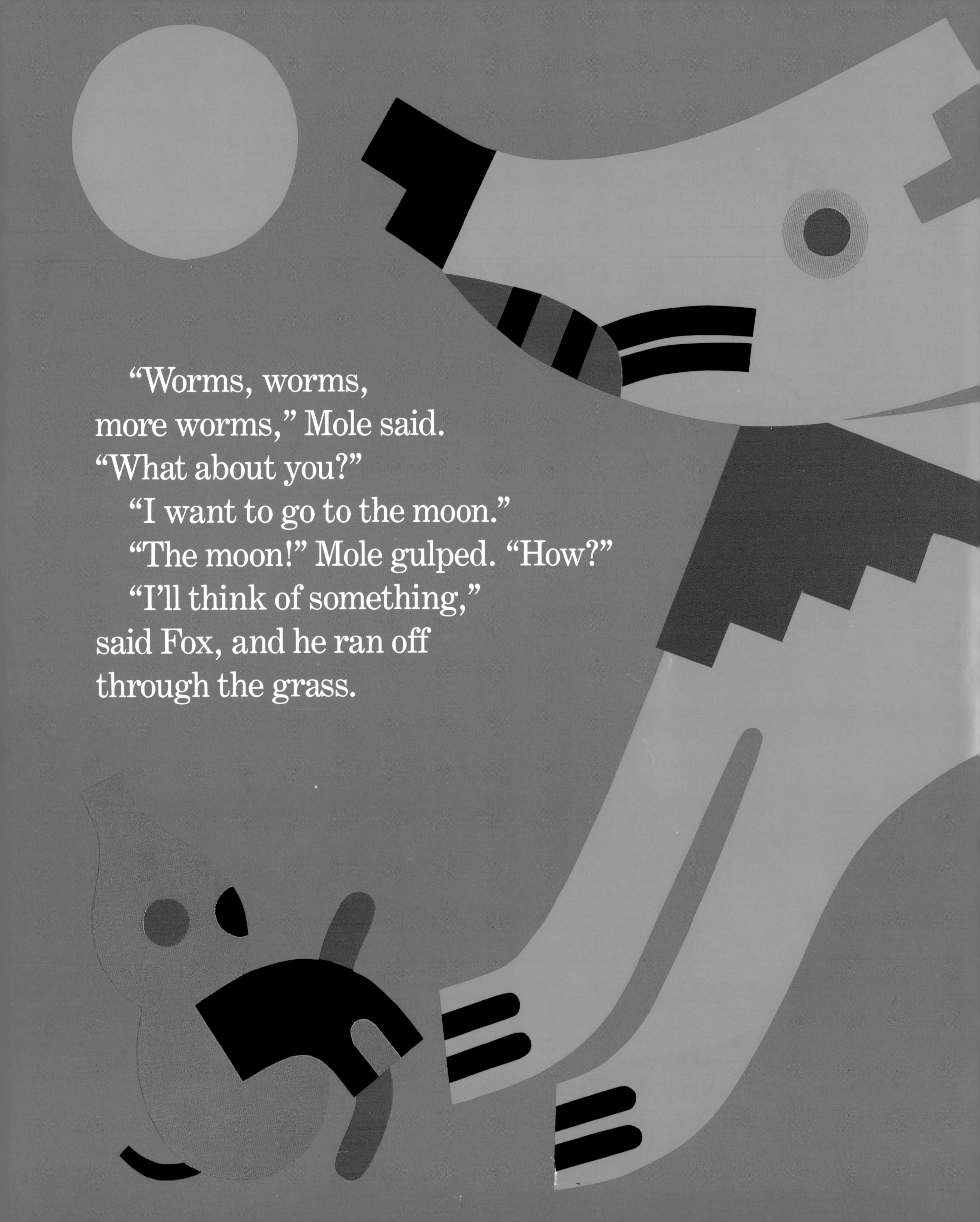

“Worms, worms, more worms,” Mole said. “What about you?”

“I want to go to the moon.”

“The moon!” Mole gulped. “How?”

“I’ll think of something,” said Fox, and he ran off through the grass.

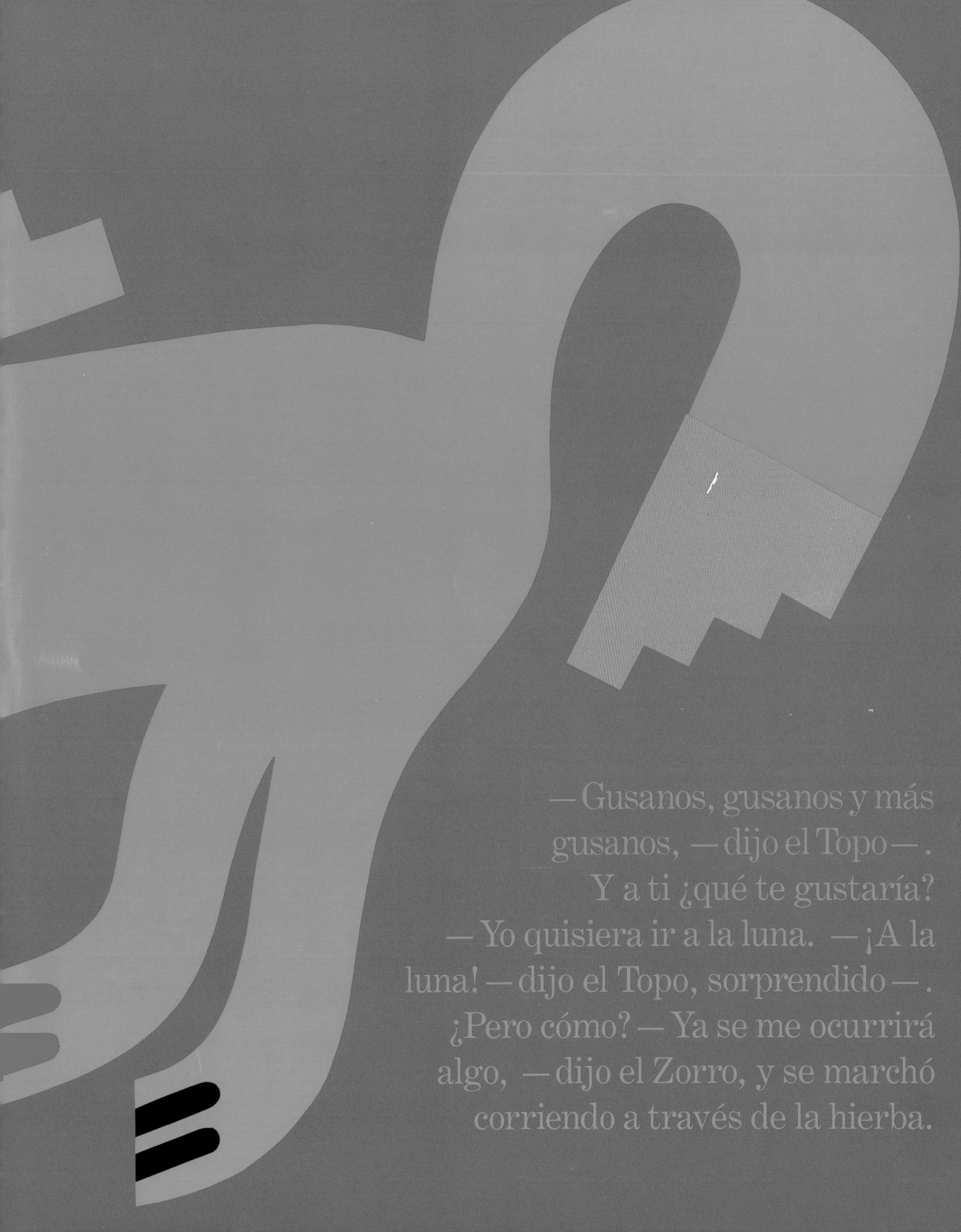

—Gusanos, gusanos y más gusanos, —dijo el Topo—. Y a ti ¿qué te gustaría? —Yo quisiera ir a la luna. —¡A la luna! —dijo el Topo, sorprendido—. ¿Pero cómo? —Ya se me ocurrirá algo, —dijo el Zorro, y se marchó corriendo a través de la hierba.

Fox liked running through the grass. It tickled his fur, and that gave him an idea. Why not make a rope of grass? With a loop at one end, he could hitch it to the tip of the moon and climb up.

Al Zorro le gustaba correr por la hierba. El pasto le picaba el pelaje. Entonces, tuvo una idea. ¿Por qué no trenzar un lazo de hierba? Haciendo un nudo en el extremo, podría enlazarlo a un pico de la luna y subirse.

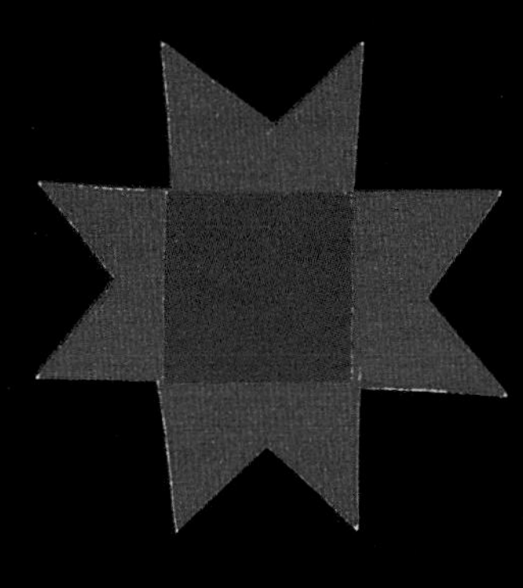

Fox ran back.
"Mole! I've got it!
Both of us can climb to
the moon on my rope."
Mole blinked. "Both of us?"
"There are big worms up there,"
said Fox. "Huge."
Mole's stomach growled. He'd go.

Y el Zorro regresó donde su amigo el Topo.
—¡Oye, Topo! ¡Ya sé como ir a la luna!
Los dos podríamos subirnos con mi lazo.
El Topo parpadeó. —¿Los dos?
—Allí hay muchos gusanos grandes,
—dijo el Zorro—. Unos enormes.
El estómago del Topo empezó a gruñir.
Iría también.

Mole and Fox braided grass into a long rope and waited for a crescent moon to appear. Then Fox twirled the rope high over his head.

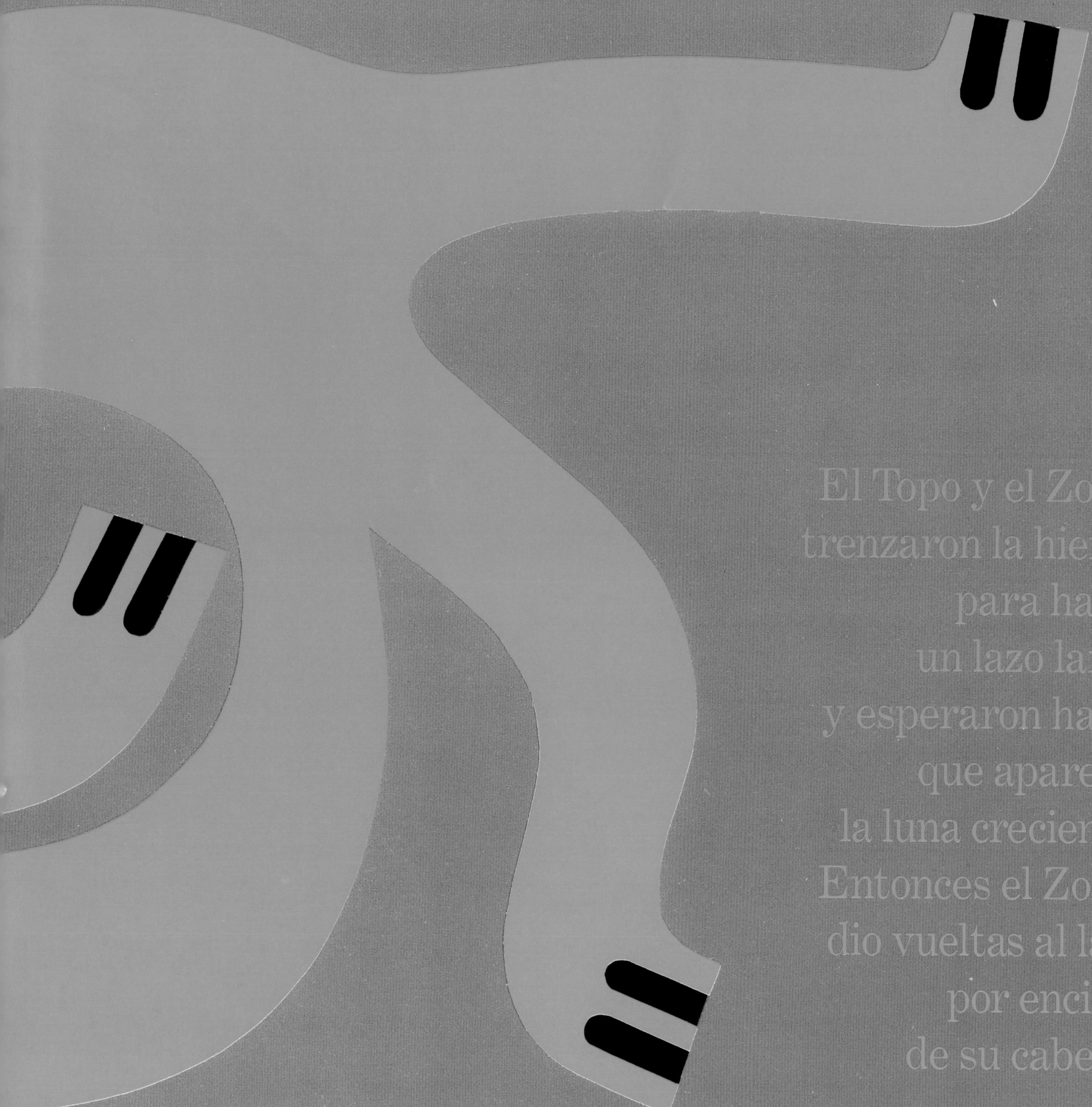

El Topo y el Zorro
trenzaron la hierba
para hacer
un lazo largo
y esperaron hasta
que apareció
la luna creciente.
Entonces el Zorro
dio vueltas al lazo
por encima
de su cabeza.

Clunk!
It fell down and hit him right on the nose.
Fox growled; he was mad.

¡TRAS!
Se cayó el lazo y golpeó
al Zorro en la nariz.
El Zorro gruño;
estaba enojado.

“Maybe
the birds
would carry
our rope,” said Mole.
But the birds didn’t
want to go to the moon.
“Just hitch this rope
to the tip,” said Fox.
“We’ll do the rest.”

—Quizás los pájaros nos podrían
llevar el lazo, —dijo el Topo.
Pero los pájaros no querían
ir a la luna.
—Sólo les pido que aten
el lazo a la punta,
—les dijo el Zorro.
—Nosotros haremos
lo demás.

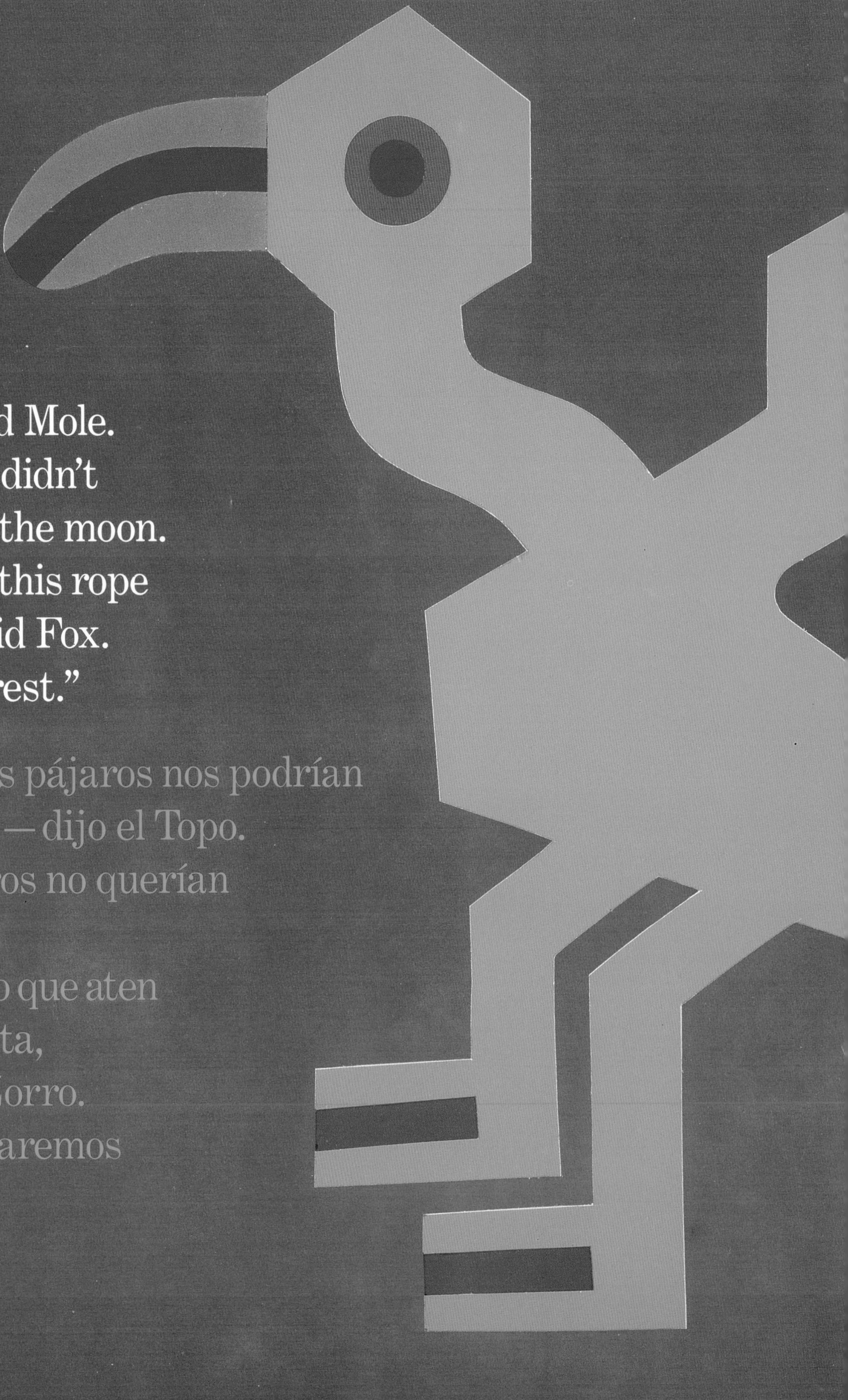

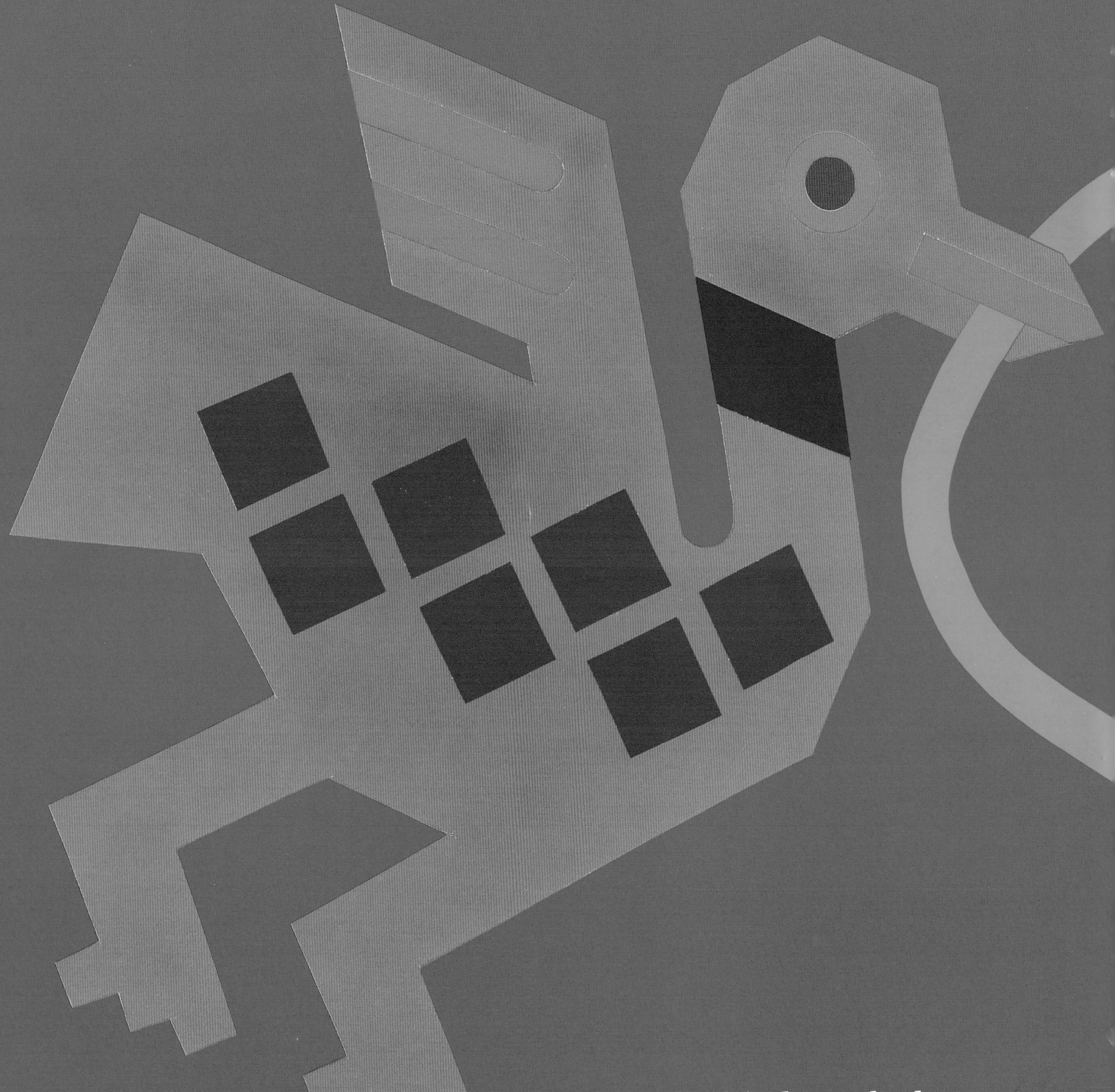

So the birds took the rope in their beaks and flew up, up, up into the sky. Mole and Fox waited.

Entonces los pájaros tomaron el lazo con sus picos y volaron hacia arriba, muy arriba, hasta el cielo. El Topo y el Zorro se quedaron esperando abajo.

When they returned, the birds said, "Your rope is ready." Fox started climbing, paw over paw, eager to be first on the moon. Mole followed, claw over claw.

Cuando regresaron los pájaros,
dijeron: — Ya está listo el lazo. —
El Zorro empezó a subir,
pata por pata, pues quería ser
el primero en llegar a la luna.
El Topo le siguió, garra por garra.

Fox kept his eyes on the moon. But not Mole. He kept glancing back to earth. Suddenly Mole's claws slipped. He fell through the air, down, down, down . . .

El Zorro no quitaba los ojos de la luna. Pero el Topo, sí. Echaba miradas hacia la tierra. De pronto se le soltaron las garras. Se cayó en el espacio, hacia abajo, hacia abajo, hacia abajo . . .

Ploomph!
Mole landed on a bird.
They had been following the
two climbers. Mole hung on
tightly as he was carried back
home. He hoped to land unnoticed.

¡PLUM!
El Topo cayó encima de un pájaro que había
seguido a los trepadores. Se agarró firmemente
mientras el pájaro lo llevaba de vuelta a la
tierra. Esperaba llegar desapercibido.

But all the creatures were watching. They laughed at Mole.

"Maybe you didn't slip," said Snake. "Maybe you let go on purpose so you could come back home."

Pero todos los animales lo estaban mirando. Se burlaban del Topo.

—Quizá no resbalaste, —dijo la Serpiente—. Quizás soltaste el lazo a propósito para poder regresar.

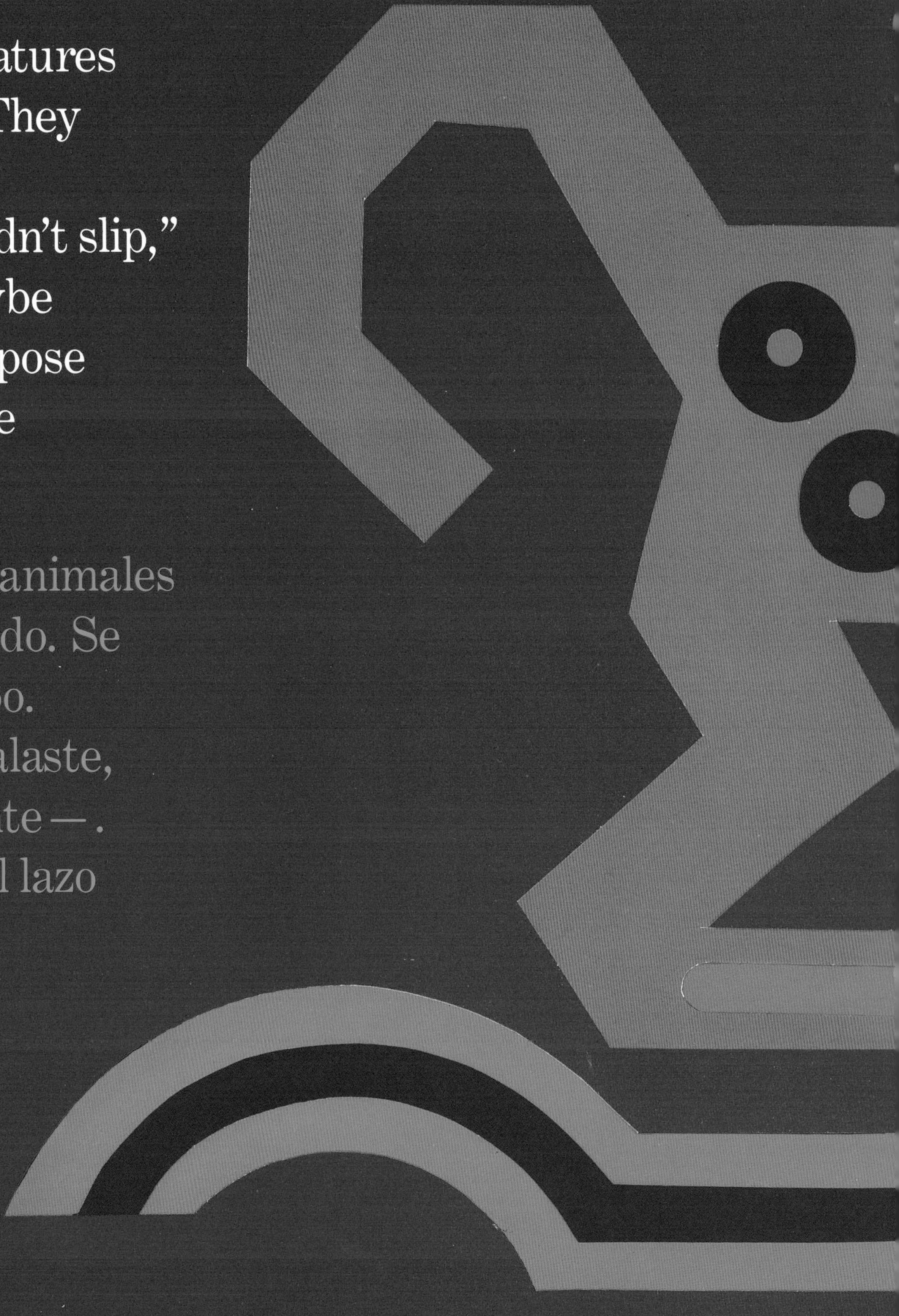

Mole was upset by all the fuss. He ran away and dug a deep tunnel. He stayed there for a long, long time.

El Topo se enfadó por todo este jaleo. Se fue corriendo y escarbó un túnel muy profundo. Y allí se quedó por mucho tiempo.

To this day Mole prefers to come out after dark, moving quietly in the moonlight, avoiding the other creatures. And he never ever listens to a fox.

Hasta la fecha el Topo prefiere no salir antes del anochecer, y anda a la luz de la luna sin hacer ruido, evitando a los demás animales. Y jamás presta atención a los zorros.

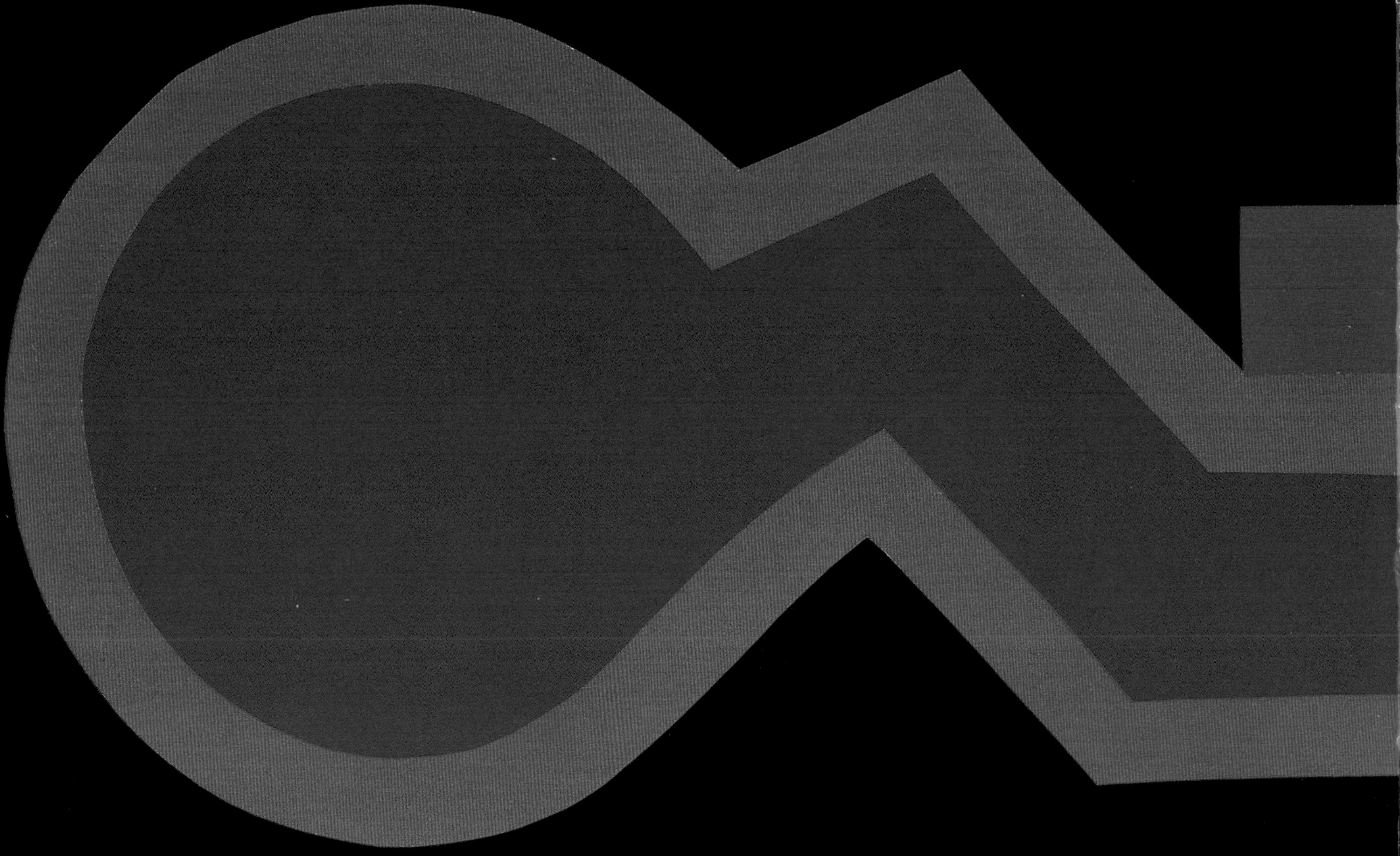

But what about Fox?
Did he make it to the moon?
The birds say that on a clear night they can see him in the full moon, looking down on earth.
Mole says he hasn't seen him.
Have you?

¿Y el Zorro?
¿Llegaría a la luna?
Dicen los pájaros que en las noches claras lo pueden ver en la luna llena, mirando hacia la tierra.
El Topo dice que no lo ha visto.
¿Y tú lo has visto?